1911 - Mars 18

VENTE

du Samedi 18 Mars 1911

HOTEL DROUOT - Salle N° 11

à 2 heures

TABLEAUX MODERNES

AQUARELLES - PASTELS - DESSINS

Me ANDRÉ COUTURIER

Commissaire-Priseur

MM. J. CHAINE & SIMONSON

Experts

PARIS 1911

VENTE
aux enchères publiques

DE

TABLEAUX MODERNES

PAR

Andrieux. - Blum, M. - Bonvin, F. - Brion. - Carolus-Duran.
Chaperon. - D'Entraygues. - Feyen Perrin, A. - Français. - Garnier Jules.
Gérome, L.-L. - Guillemet. - Henner, J.-J. - Jimenez.
Lazerges, P. - Le Gout Gérard. - Lopisgich. - Martin-Kavel. - Melin.
Meslé. - Montenard. - Pille Henri. - Richet Léon.
Rotig. - Sabatier. - Unterberger. - Vernier, E. - Vincelet, V.

AQUARELLES -- PASTELS -- DESSINS

PAR

Clairin, G. - Dufeu E. - Gardenner. - Ierkois.
Jongkind. - Laurent, H. - Laurent-Desrousseau. - Luigini.
Ten Cate. - Van Marcke, E.

HOTEL DROUOT — Salle N° 11

le Samedi 18 Mars 1911

à 2 heures précises

Me André Couturier
COMMISSAIRE-PRISEUR
56, Rue de la Victoire, 56

MM. J. Chaine & Simonson
EXPERTS
19, Rue Caumartin, 19

CHEZ LESQUELS ON DISTRIBUE LE CATALOGUE

EXPOSITION PUBLIQUE — Salle N° 11

le Vendredi 17 Mars 1911, de 1 heure 1/2 à 5 heures 1/2

CONDITIONS DE LA VENTE

Elle sera faite au comptant.

Les adjudicataires paieront *dix pour cent* en sus des enchères.

L'Exposition mettant à même le public de se rendre compte de la nature et de l'état des objets, une fois l'adjudication prononcée aucune réclamation ne sera admise.

Imprimerie Henri SCHILLER, 3, Place de la République

TABLEAUX MODERNES

DÉSIGNATION

AMBORINI

1. — *La convalescente.*

SIGNÉ A DROITE.

Bois Haut. 0m32; Larg. 0m41.

ANDRIEUX

2. — *Lion dévorant une chèvre.*

SIGNÉ A DROITE.

Toile Haut. 0m36; Larg. 0m53.

BLUM, Maurice

3. — *La conversation.*

SIGNÉ A DROITE.

Bois Haut. 0m15; Larg. 0m11.

BONVIN, F.

4. — *La cuisinière.*

SIGNÉ A DROITE.

Bois Haut. 0m40; Larg. 0m32.

5. — *Sœur de charité tricotant.*

SIGNÉ A GAUCHE.

Bois Haut. 0m40; Larg. 0m32.

BOURGES, Léonide

6. — *Bords de l'Oise à Auvers.*

SIGNÉ A GAUCHE.

Bois Haut. 0m27; Larg. 0m41.

BOUY, G.

7. — *Bords de l'Oise; clair de lune.*

SIGNÉ A DROITE.

Toile Haut. 0m34; Larg. 0m68.

BRION, G.

8. — *Breton et bretonne près d'un puits.*

SIGNÉ A DROITE; daté 1856.

Bois Haut. 0m46; Larg. 0m37.

BRION, G.

9. — *Breton aidant une bretonne à escalader un mur.*

SIGNÉ A DROITE ; daté 1856.

Bois Haut. 0m46 ; Larg. 0m38.

10. — *Le mendiant à la porte d'une église.*

SIGNÉ A DROITE ; daté 1852.

Bois Haut. 0m56 ; Larg. 0m45.

CABAT, Louis

11. — *Sous bois.*

SIGNÉ A GAUCHE.

Toile Haut. 0m50 ; Larg. 0m63.

CAROLUS-DURAN

12. — *L'enfant aux fleurs.*

Ce tableau ayant été réduit, la signature est fixée au dos sur un morceau de la toile tombé sous la coupe.

Toile Haut. 0m62 ; Larg. 0m52.

CHAPERON, E.

13. — *La cantine des dragons.*

SIGNÉ A GAUCHE.

Toile Haut. 0m65 ; Larg. 0m54.

D'ENTRAYGUES

14. — *Le prestidigitateur au presbytère.*

SIGNÉ A DROITE.

Toile Haut. $0^{m}41$; Larg. $0^{m}59$.

15. — *Produits du jardin de M. le Curé.*

SIGNÉ A GAUCHE.

Toile Haut. $0^{m}46$; Larg. $0^{m}61$.

DESMARQUAIS, H.

16. — *Chemin en forêt.*

SIGNÉ A DROITE.

Bois Haut. $0^{m}15$; Larg. $0^{m}33$.

DIAZ (Ecole de)

17. — *Jeune femme et amour.*

Bois Haut $0^{m}40$; Larg. $0^{m}31$ 1/2.

DULAC, Ch.

18. — *A Montmartre; effet de neige.*

SIGNÉ A DROITE.

Toile Haut. $0^{m}46$; Larg. $0^{m}38$.

FEYEN PERRIN, A.

19. — *Femme étendue sur la plage.*

SIGNÉ A GAUCHE.

Toile Haut. $0^{m}27$; Larg. $0^{m}40$.

20. — *La vanneuse.*

SIGNÉ A GAUCHE.

Papier Haut. $0^{m}64$; Larg. $0^{m}37$.

21. — *Retour du Marché ; esquisse.*

Toile Haut. $0^{m}48$; Larg. $0^{m}35$.

FLAMENG, A.

21 bis. — *Marine.*

SIGNÉ A GAUCHE.

Bois Haut. $0^{m}40$; Larg. $0^{m}29$.

FRANÇAIS

22. — *Les moissonneurs.*

SIGNÉ A DROITE.

Toile Haut. $0^{m}23$; Larg. $0^{m}39$.

GARNIER, Jules

23. — *Offrande au faune.*

SIGNÉ A GAUCHE ; daté 1872.

Toile Haut. $0^{m}61$; Larg. $0^{m}38$.

GÉROME, L. L.

24. — *Un albanais jouant de la guitare.*

SIGNÉ A GAUCHE ; daté 1858.

Toile Haut. 0^{m}41 ; Larg. 0^{m}29.

GUILLEMET, A

25. — *La chaumière.*

SIGNÉ A DROITE.

Toile Haut. 0^{m}37 ; Larg. 0^{m}46.

GUILLEMIN, A

26. — *Marine.*

SIGNÉ A GAUCHE.

Carton Haut. 0^{m}15 ; Larg. 0^{m}27.

HENNER, J. J.

27. — *Nymphe des bois.*

SIGNÉ A GAUCHE.

Toile Haut. 0^{m}33 ; Larg. 0^{m}24.

HUBERTI

28. — *Marine.*

SIGNÉ A DROITE.

Toile Haut. 0^{m}31 ; Larg. 0^{m}51.

INCONNUS

29. — *Scène d'intérieur.*

Toile Haut. 0m46 ; Larg. 0m38.

30. — *Torse de femme de dos.*

Toile Haut. 0m43 ; Larg. 0m34.

31. — *Paysage ; rivière sous bois.*

Bois Haut. 0m16 ; Larg. 0m22.

32. — *Italienne jouant de la guitare.*

Bois Haut. 0m29 1/2 ; Larg. 0m21.

33. — *Scène à la conciergerie.*

A droite signature illisible.

Carton Haut. 0m33 ; Larg. 0m45.

34. — *Portrait d'homme.*

JIMENEZ, Louis

35. — *Fillette assise sur une barrière.*

SIGNÉ A GAUCHE.

Toile Haut. 0m65 ; Larg. 0m45.

LAURENT, Ernest

36. — *Paysage.*

SIGNÉ A DROITE.

Toile Haut. 0m60 ; Larg. 0m45.

LAZERGES, Paul

37. — *Femme arabe et son enfant.*

SIGNÉ A DROITE.

Toile Haut. 0m73 ; Larg. 0m54.

LE GOUT-GÉRARD

38. — *Laveuses à Concarneau.*

SIGNÉ A GAUCHE.

Toile Haut. 0m34 1/2 ; Larg. 0m45.

39. — *Rio di Baratieri.*

SIGNÉ A DROITE.

Toile Haut. 0m65; Larg. 0m45.

LÉPINE, S.

40. — *Village au bord de l'eau ; esquisse.*

SIGNÉ A GAUCHE.

Bois Haut. 0m22; Larg. 0m36.

LE QUESNE

41. — *La Coccinelle.*

SIGNÉ A GAUCHE.

Toile Haut. 0m73; Larg. 0m59.

42. — *Les papillons.*

SIGNÉ EN HAUT A GAUCHE.

Toile Haut. 0m55; Larg. 0m46.

43. — *Les poissons.*

SIGNÉ EN HAUT A GAUCHE.

Toile Haut. 0m55 ; Larg. 0m46.

LOPISGICH, G.

44. — *Bouquet de fleurs dans un vase.*

SIGNÉ A GAUCHE.

Toile Haut. 0m46 ; Larg. 0m38.

MAINCENT, G.

45. — *Bords de la Seine à Chatou.*

SIGNÉ A DROITE.

Toile Haut. 0m46; Larg. 0m38.

46. — *Bords de rivière.*

SIGNÉ A DROITE.

Bois Haut. 0m32; Larg. 0m40.

MARTIN-KAVEL

47. — *Jeune femme aux œillets.*

SIGNÉ A DROITE.

Toile Haut. 0m81 ; Larg. 0m65.

MAGNE, Alfred

48. — *Lièvre, bécasse et perdreau.*

SIGNÉ A DROITE.

Toile Haut. 0m81 ; Larg. 0m61.

MÉLIN

49. — *Chien de meute.*

SIGNÉ A DROITE ; daté 1867.

Toile Haut. 0m21 ; Larg. 0m29.

50. — *Chiens mal couplés.*

SIGNÉ A GAUCHE ; daté 1860.

Toile Haut. 0m16 ; Larg. 0m23.

MESLÉ

51. — *Environs de La Ferté-sous-Jouarre ; le soir.*

SIGNÉ A DROITE.

Toile Haut. 0m44 ; Larg. 0m62.

MONTENARD

52. — *Les oliviers à Antibes.*

SIGNÉ A GAUCHE.

Toile Haut. 0m59; Larg. 0m81.

MORLOT, A.

53. — *Fleurs.*

SIGNÉ EN HAUT A DROITE.

Toile Haut. 0m61; Larg. 0m50.

PILLE, Henri

54. — *Jeune alsacienne.*

SIGNÉ A DROITE.

Toile Haut. 0m41; Larg. 0m33.

PUCHMAGRE

55. — *Chevaux de trait.*

SIGNÉ A DROITE.

Bois Haut. 0m22; Larg. 0m27.

RICHET, Léon

56. — *Lisière de forêt.*

SIGNÉ A DROITE.

Toile Haut. 0m27; Larg. 0m41.

ROTIG

57. — *Cerf et biches au gagnage.*

SIGNÉ A GAUCHE.

Toile Haut. 0m39; Larg. 0m47.

RUBÉ

58. — *Le battage du blé en grange.*

SIGNÉ A GAUCHE.

Bois Haut. 0m24; Larg. 0m35.

SABATIER, S.

59. — *Dragons au cabaret.*

SIGNÉ A GAUCHE.

Toile Haut. 0m40; Larg. 0m32.

60. — *Tambours des Voltigeurs.*

SIGNÉ A DROITE.

Toile Haut. 0m40; Larg. 0m32.

SCHREIBER. Ch.

61. — *Tête de fillette.*

SIGNÉ EN HAUT A DROITE.

Bois Haut. 0m11; Larg. 0m16.

SONNIER

62. — *Le lac.*

SIGNÉ A GAUCHE.

Pastel Haut. 0m39 1/2; Larg. 0m47.

UNTERBERGER, T. R.

63. — *Posilippo; Naples.*

SIGNÉ A GAUCHE.

Toile Haut. 0m49; Larg. 0m80.

VERNIER, E.

64. — *Barque échouée.*

SIGNÉ A GAUCHE.

Toile Haut. 1m07; Larg. 1m62.

65. — *Marée basse.*

Bois Haut. 0m16; Larg. 0m34.

VÉRON, A

66. — *Paysage; bords de rivière, soleil couchant.*

SIGNÉ A DROITE.

Toile Haut 0m27; Larg. 0m46.

VINCELET, Victor

67. — *Nature morte.*

SIGNÉ A GAUCHE DES INITIALES.

Carton Haut. 0m24 ; Larg. 0m28.

68. — *Fleurs.*

SIGNÉ A GAUCHE DES INITIALES.

Toile Haut. 0m13 ; Larg. 0m23.

AQUARELLES

PASTELS & DESSINS

BECKERS, Adolf Von

69. — *Enfant assis.*

Dessin.

BONVIN

70. — *Buste de jeune homme.*

Dessin.

Haut. 0m22 ; Larg. 0m17.

CALS

71. — *Portrait de femme.*

Dessin rehaussé ; SIGNÉ A GAUCHE ; daté 1859.

Haut. 0m37 ; Larg. 0m28.

CLAIRIN, G.

72. — *Jeune femme dans la campagne.*

Eventail-aquarelle ; SIGNÉ A GAUCHE.

DAX, Léon

73. — *Notre-Dame de Paris.*

Aquarelle ; SIGNÉ A DROITE.

Haut. 0m40 ; Larg. 0m69.

DUFEU E.

74. — *Le Pont-Neuf.*

Aquarelle.

Haut. 0m15 ; Larg. 0m10.

GARDENNER

75. — *Artilleurs de la Garde ; second Empire.*

Aquarelle ; SIGNÉE A GAUCHE.

GUÉ

76. — *Jeux d'enfants.*

Aquarelle ; SIGNÉE A GAUCHE ; datée 1831.

GUÉRARD

77. — *Dieppe.*

Pyrogravure ; SIGNÉE A GAUCHE.

Bois Haut. 0m56 ; Larg. 0m20.

JACQUE, Ch. (attribué à)

78. — *Chevaux sous la tempête.*

Dessin fusain et conté.

Haut. 0m20; Larg. 0m29.

JERKOIS

79. — *Marchande de poissons.*

Dessin aux crayons de couleurs.

SIGNÉ A DROITE ; daté 1789.

Vue Haut. 0m25 1/2 ; Larg. 0m19 1/2.

INCONNU

80. — *Le renard et les poules.*

Gouache.

Vue Haut. 0m21 ; Larg. 0m31.

JONGKIND

81. — *Le phare de Honfleur.*

Aquarelle ; SIGNÉE A DROITE ; datée Honfleur 6 sep. 1864.

Vue Haut. 0m23 ; Larg. 0m46.

LANÇON, A. (attribué à)

82. — *Tigre couché.*

Aquarelle.

LAURENT, H

83. — *La récolte des fleurs.*

Pastel ; SIGNÉ A DROITE.

Haut 0m36 ; Larg. 0m50.

LAURENT-DESROUSSEAU

84. — *Gardeuse d'oies.*

Pastel ; SIGNÉ A DROITE.

Haut. 0m62 ; Larg. 0m51.

LUIGINI

85. — *Le quai de Bercy.*

Peinture à l'eau ; SIGNÉE A DROITE.

Vue Haut. 0m49 ; Larg. 0m39.

TEN-CATE

86. — *Le puits ; effet de neige.*

SIGNÉ A DROITE.

Pastel Haut. 0m38; Larg. 0m55.

87. — *Un étang.*

Pastel ; SIGNÉ A DROITE.

Haut. 0m26; Larg. 0m35.

Van MARCKE, E.

88. — *Bœufs du Nivernais.*

Dessin à la mine de plomb ; SIGNÉ A GAUCHE.

Haut. 0m41; Larg. 0m55.

www.ingramcontent.com/pod-product-compliance
Ingram Content Group UK Ltd.
Pitfield, Milton Keynes, MK11 3LW, UK
UKHW020229180726
13838UKWH00005B/2276

9 782329 381657